당당하게 실망시키기
-터키 소녀의 진짜 진로탐험기-

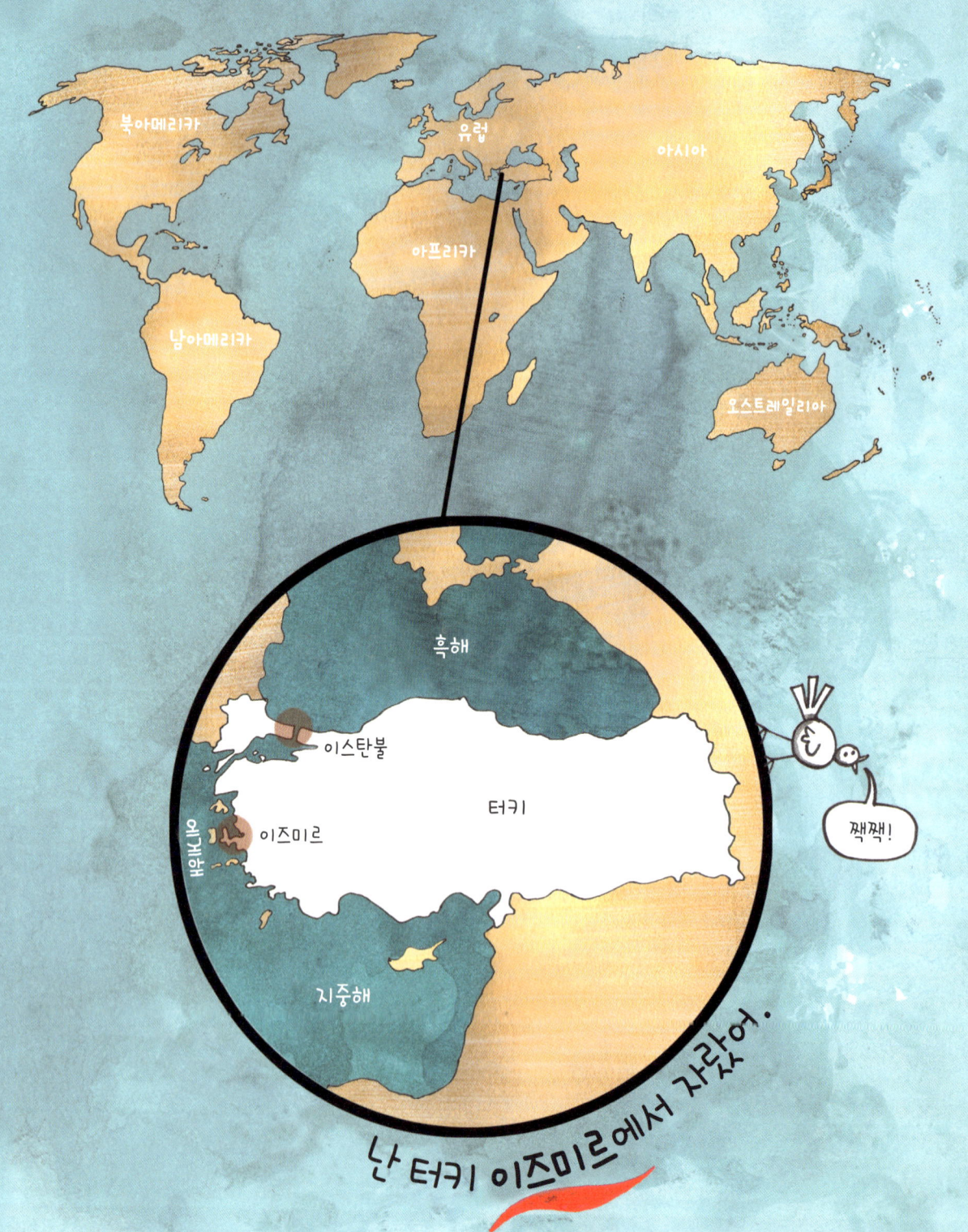

당당하게 실망시키기
-터키 소녀의 진짜 진로탐험기-

오즈게 사만즈 글·그림 | 천미나 옮김

책과콩나무

DARE TO DISAPPOINT : Growing up in Turkey by Özge Samanci
Copyright © 2015 Özge Samanci
All rights reserved.
This Korean edition was published by Booknbean Publisher in 2018 by arrangement with Farrar,
Straus and Giroux, LLC through KCC(Korea Copyright Center Inc.), Seoul.

이 책은 (주)한국저작권센터(KCC)를 통한 저작권자와의 독점계약으로 책과콩나무에서 출간되었습니다.
저작권법에 의해 한국 내에서 보호를 받는 저작물이므로 무단전재와 복제를 금합니다.

엄마, 아빠, 펠린 언니, 그리고 니하트 외삼촌에게

차례

제1장 망원경 저편 … 9
제2장 1학년 담임 선생님 … 17
제3장 아타튀르크 … 27
제4장 목숨을 바치다 … 35
제5장 분홍 자 … 47
제6장 하나뿐인 채널 … 63
제7장 이스탄불 … 73
제8장 제로(0) … 89
제9장 인정 … 99
제10장 고장 난 라디오 … 111
제11장 사냥터 … 123
제12장 감자 … 139
제13장 구름 뒤의 태양 … 149
제14장 이도 저도 아닌 … 165
제15장 시작 … 179

제1장

망원경 저편

1981 우리 집에서 길 하나만 건너면 초등학교였다. 펠린 언니는 쉬는 시간이면 종종 운동장 끝으로 나왔고, 엄마와 나는 망원경으로 그런 언니를 쳐다보곤 했다.

학교 가는 게 소원이었다.

예를 들어, 사촌언니가 우리 엄마한테 교복을 자랑하러 오면…

난 꼬마 괴물로 돌변했다.

으아아앙! 나도 교복 사 줘.

오즈게, 뚝 그쳐. 아빠가 혼내 주러 간다!

아빠

아빠도 선생님이었다. 아빠는 남자 실업고에서 기술도안을 가르쳤다.
아빠가 있을 때 큰 소리로 떼를 쓰고 우는 건 썩 좋은 생각이 아니었다.

바닥에서 뭐 하는 짓이야?

내년에 입학하면 어련히 교복을 입을 텐데.

엄마한테 가 봐. 엄마가 얼굴 씻겨 주고 심부름 보낼 테니까.

교복.

엄마는 심부름을 보낼 때면 가게에 가서 읽어 보라며 쪽지를 챙겨 주었다.

이건 네가 사 올 물건 세 가지가 적힌 쪽지.

이건 돈.

11

안 그랬다가는 가게에 가면서 여기저기 기웃거리다가

무얼 사러 왔는지 깜빡 잊어버리기 일쑤라서

그러던 어느 날,

한 손엔 쪽지

다른 손엔 빈 우유병

내 두 다리는 가게가 아닌
언니네 학교로 움직였다.

언니네 반이 어딘지는 환히 꿰고 있었다.
난 문을 두드리고 교실 안으로 달려 들어가…

무스타파
케말
아타튀르크,
터키의
초대 대통령

언니 옆자리에 앉았다.

아이들을 좋아하는 언니네 반 선생님은
나를 발견하고는
수학 수업을 중단했다.

선생님은 우리에게 동화 한 편을
들려주기 시작했고 칠판에 그림도 그려 주었다.
언니네 반 학생들은 나를 반겼다. 내 덕분에 중간에 수업이 끝났기 때문이다.
마흔 명 모두 즉석에서 시작된 이야기 시간에 기쁨을 감추지 못했다.

허겁지겁 교실로 들어온 엄마의
눈앞에는 이런 유쾌한
장면이 펼쳐졌고…

나는 엄마 손을 잡고 집으로 돌아갔다.

세상에, 엄마가
널 가게로 보냈니,
학교로 보냈니?

가게요.

망원경으로 나를
다 본 거예요?

제2장

1학년 담임 선생님

내가 초등학교에 입학하자 다들 한시름 놓았다.

난 마침내 내 정체성을 찾았다.

하지만 난 앞으로 무슨 일이 닥칠지 꿈에도 몰랐다.
1학년생들이 으레 그렇듯,
나는 처음부터 담임 선생님한테 완전 반해 버렸다.

교실 벽에는 그래프 하나가 있었다. 우리 반 엄마들의 직업을 나타내는 그래프였다.

ANNELERİN MESLEKLERE GÖRE DAĞILIMI → 어머니들의 직업 분포

15 MEMUR ← 공무원
12 EV HANIMI ← 주부
2 SERBEST MESLEK ← 자영업
1 ARTİST → 예술가

난 누군가의 엄마가 예술가라는 이 놀라운 그래프에서 눈을 뗄 수가 없었다.

♪ 내 조국, 내 조국 터키는 나의 천국이라네. ♬

내가 아는 한, 예술가에는 두 가지 부류가 있었다.

텔레비전에 나오는 가수들. 하지만 우리나라는 채널이 딱 하나뿐인데 그 예술가 엄마가 텔레비전에 나왔을 리는 없다. 텔레비전에서 노래를 부른다면 유명한 사람일 텐데 우리가 모를 리가 없다.

궁금증을 참지 못한 우리는 선생님한테 가서 엄마가 예술가인 친구가 누구냐고 물었다. 선생님은 먼 산을 바라보며 대답했다.

본인은 알 텐데. 너흰 신경 쓸 거 없어.

남은 가능성은 딱 하나였다.

딱 딱 딱

벨리 댄서.

22

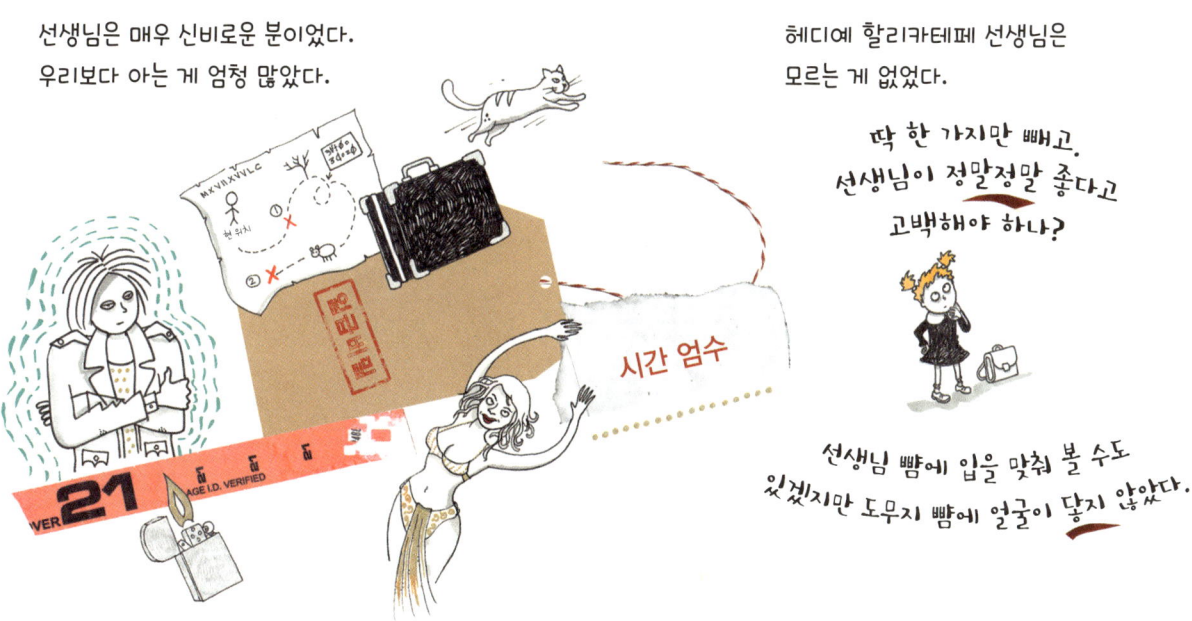

선생님은 매우 신비로운 분이었다.
우리보다 아는 게 엄청 많았다.

헤디예 할리카테페 선생님은
모르는 게 없었다.

딱 한 가지만 빼고.
선생님이 정말정말 좋다고
고백해야 하나?

선생님 뺨에 입을 맞춰 볼 수도
있겠지만 도무지 뺨에 얼굴이 닿지 않았다.

사촌언니한테 고민을 털어놓았더니,
자기는 선생님한테 입을 맞춰 본 적이 있다고 했다!

알겠니?

천재다!

선생님, 말씀드릴 게 있어요.

귓속말로 해야 돼서요. 잠깐 키 좀 낮춰 주실래요?

선생님은 친절히 키를 낮춰 주었다.

나는 깜짝 놀랐다. 선생님 뺨에 핏줄이 보였다.

그냥 물러나기엔 너무 늦어서 난 선생님에게 입을 맞추었다.

제3장

아타튀르크

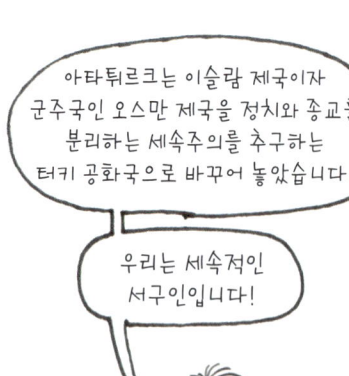

그제야 사방이 아타튀르크의 초상화인 까닭을 알았다.

심지어 아타튀르크는 우리 집 주방에도 있었다.

군인처럼 경례!

학교에서 너를 세뇌시키고 있는 거야.

아타튀르크 앞을 걸어가는데 속옷 바람이라니. 죄송해요. 죄송합니다.

아니야!

삼촌 담배는 담뱃재가 어마어마하게 길었다.

엄마 남동생인 니하트 외삼촌. 외삼촌은 사회주의자이자 비폭력주의자였다. 가끔 우리 집에 놀러왔다.

학교 사고방식은 군 사고방식과 똑같아. 우리가 전부 똑같기를 원하지.

세상에! 학교에서 우리를 세뇌시키는 건가?

우리를 조직화하기 위해 아침 조회 때마다 학교 운동장에서…

선생님들은 우리에게 군인들의 기본자세를 가르쳤다.

할리카테페 선생님은 또 이렇게 가르쳤다.

"국가가 울리면 자리에서 일어나 차렷 자세로 따라 불러야 합니다."

그래서 우리는 배운 대로 실천했다.
군 의식행사와 국가 연주로 방송이 시작되면 집에서도 우리는 최선을 다했다.

"두려워마오, 붉은 깃발이 새벽 속에서 파도를 이루면, 우리 집의 마지막 남은 불이 꺼지기 전까지 쓰러지지 않을 거요."

"두려워마오, 붉은 깃발이 새벽 속에서…"

"두려워마오,"

"붉은 깃발이 새벽 속에서…"

아래층 애들도 국가를 부르는 중

"우리가 아래층 애들보다 더 크게 불러야 돼."

차렷 자세로 국가를 부를 때마다 나는 내 머리가 구름에 닿을 것만 같았다.

"저것은 영원히 빛나는 나의 국가의 별이오."

"나의 국가의 별이오. 저것은 나의 것…"

난 모든 적을 남김없이 무찌를 수 있었다.

외삼촌이 틀렸다.
나는 세뇌를 당하지 않았다.

"진심으로 사랑해요."

"부디 저희 외삼촌을 용서해 주세요."

제4장

목숨을 바치다

커튼은 훌륭한 장난감이다.

숨바꼭질도 하고…   유령놀이도 하고…   웨딩드레스도 되고…

막 흔들면
둥둥 떠다니는
먼지도 보인다.

커튼은 장난감이 아니야! ← 엄마

등화관제 때문에 산 거야.

등화관제요?

하지만 터키의 여걸인 파트마가 밤에 몰래 그 다리 밑으로 기어가서….

자루를 묶은 줄을 물어뜯고는….

다이너마이트를 강물에 쏟아 버렸다.

파트마는 나무 바닥으로 된 무대 위를 기어갔다. 달과 강, 그리고 다리는 모두 우리의 상상 속에 있었다.

파트마는 그리스 병사들에게 붙잡혀 사령관실로 끌려갔다.

파트마가 진실을 외쳤다.

물론, 터키 병사들은 별 탈 없이, 무사히 다리를 건넜다.

사령관은 파트마를 죽였다.

곧이어 터키 병사들이 달려 들어와 그리스 사령관을 죽였다.

무대 인사 시간에 파트마 역의 여학생은 몸에 국기를 두르고 나왔다.

연극이 끝나자, 감정이 북받쳐 올랐다.
나는 집에 가자마자 엄마에게 쉴 새 없이 말을 쏟아냈다.

본부로 가는 길에…

드디어 난 그 서신을 사령관에게 전달하는 데 성공했다.

얼마 뒤, 학교에서 아주 큰 기회가 찾아왔다.

그때, 당연하지만 슬픈 소식이 전해졌다.

선생님은 아타튀르크 역으로 티무르를 뽑았는데, 그 이유는…

1. 매우 똑똑하다.
2. 품행이 바르다.
3. 금발이다.
4. 눈동자가 푸른색이다. } 아타튀르크처럼

티무르와 나는 입학 첫날부터 서로 좋아했다.

나는 원하는 것을 얻기 위해 싸웠다.

아무리 티무르가 좋아도 아타튀르크 부인 역은 받아들일 수 없었다.

아타튀르크는 이제 티무르와 나 사이에 있었다.

나는 화가 났고, 학교를 마치고 집에 오자마자 펠린 언니한테 얘기를 해 주려고 했다. 그런데 언니와 동네 친구인 엥긴 오빠는 벌써 밖에 나가 노는 중이었다. 두 사람은 지나가는 사람들에게 더 크고, 더 나이 많게 보이려고 속임수를 썼다.

앞

우리 교수님이 내가 논문을 아주 잘 썼대.

네 화학 논문?

화학….

뒤

난 생물학에서 10점 만점에 10점을 받았어.

난 물리학에서 10점 받았는데.

나도.

KOMÜNİSTLER MOSKOVA'YA!

공산주의자는 모스크바로!

제5장

분홍 자

우리 부모님은 가르치는 과목 덕분에 근사한 자가 아주 많았다.

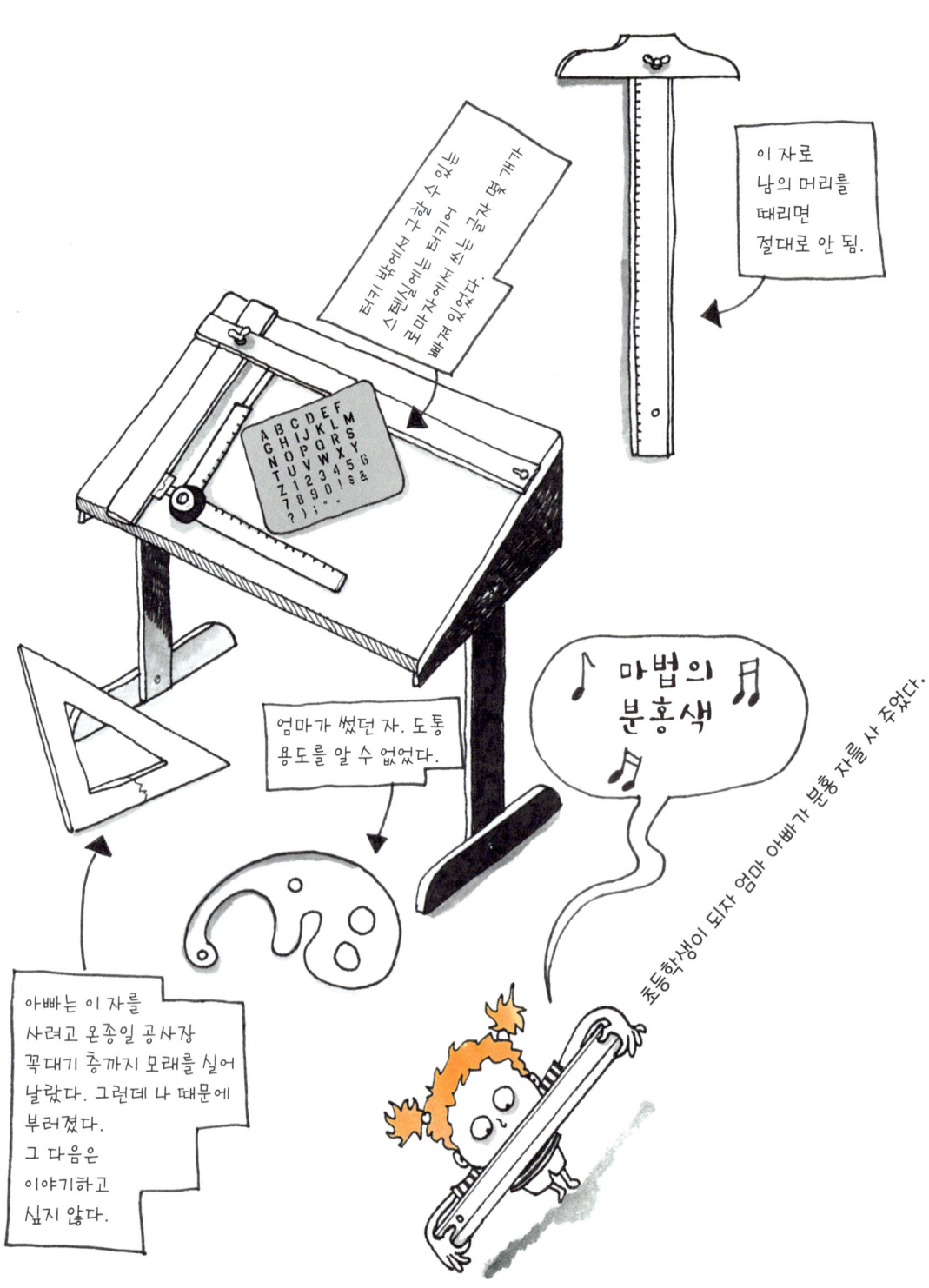

분홍 자는 쓸 데가 많다.

참 묘하게도, 내 분홍 자는 메시지를 전달하는 도구가 되기도 했다.

1970년대 말, 사람들은 둘로 나뉘었다. 좌익과 우익. 내전이 벌어졌다.

좌익은 진보주의자, 사회주의자, 공산주의자였어. 우익은 국수주의자이자 보수주의자였고.

그러다 1980년, 케난 에브렌 장군이 군사 쿠데타를 일으켜 정권을 잡았다. 그것은 내전의 끝이자 새로운 통제의 시작이었다.

밤 11시 이후에는 통행이 금지되었다.

친척집에 갔다가 엄마 아빠는 깜빡 통금 시간을 넘겨 버렸다. (또)

뛰자, 뛰자!

잡히면 어떻게 되는데?

몽땅 감옥행이야.

터키 텔레비전의 하나뿐인 채널은 국영방송이었다.
텔레비전을 틀면 주로 장군과 군인들이 나왔다.
벨리 댄서들은 물론, 위대한 터키 국민에 대한 곡을
제외하면 그 어떤 노래도 금지되었다.

군에 반하는 기사를 쓰는 신문사는 일시 폐간을 당했다.

좌익 사상에 대해 하나라도 언급한 책과 잡지는
출판이 금지되었다.

경찰들은 수색영장 없이 어느 때고 아무 집이나
쳐들어갈 수 있었다. 만약 금지된 물건이 발견되면,
누구든 집에서 체포되어 감금과 고문을 당했다.

쿠데타 이후, 군은 2년 사이에 15명을 처형했다. 희생자 중 한 명인 에달 에렌은 당시 17세였다.

기자가 17세 소년의 처형에 대해 질문하자, 장군은 이렇게 답했다.

1982년, 쿠데타를 이끌었던 군인들이 만든 새 헌법에 대한 전국적인 투표가 이루어졌다.

에브렌 장군은 모든 사람이 헌법에 '네'라고 답하길 원했다.
그럼 자신은 대통령으로 인정받고, 군은 정권을 유지할 수 있었다.

투표용지를 넣는 봉투가 살짝 비친다는 소문이 돌았다.

투표를 앞둔 어느 날 밤 텔레비전에서, 정부에 반대하는 두 사람이 경기 중에 축구장에 난입해 팻말을 들고 외쳤다.

군이 지배하는 민주주의란 모순이 아닐 수 없었다.

갑자기 경기 장면 대신 골동품 꽃병이 등장했다. 통제 불능한 일이 발생할 때마다 나타나는 꽃병이었다.
나는 하루가 멀다 하고 이 꽃병을 보았다.

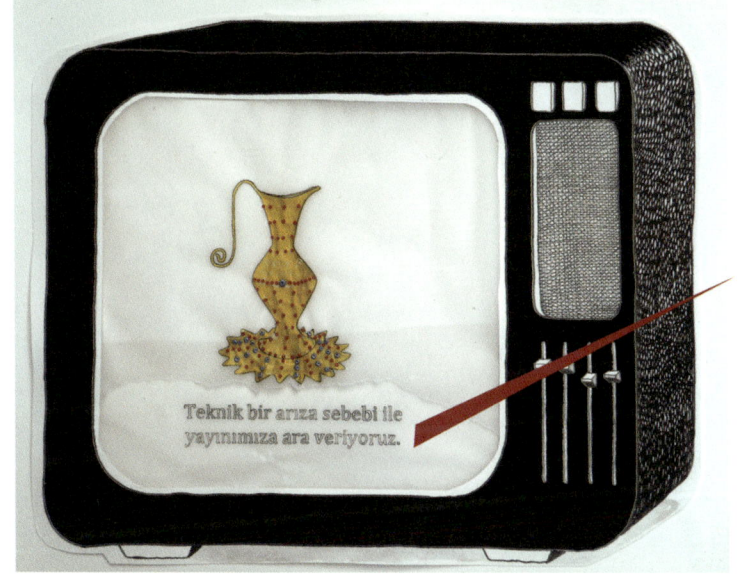

기술상의 문제로
방송이 잠시
중단되었습니다.

내 기억 속 꽃병은 컬러인데, ■■■■■
사실, 꽃병과 글자는
흑백이었다. ■□■□

그 이튿날 나는 내 짝 다믈라에게 텔레비전에서 봤던 걸 신이 나서 말해 주었다.

그때 방송이
딱 끊기더니
그 꽃병이 나왔어!

갑자기…
헤디예 할리카테페 선생님의 손이 다가왔다.

꿈이었을까, 생시였을까?

선생님이 내 분홍 자를
빌려갔다.

선생님 손이 내 분홍 자에
축복을 내리고 있었다.

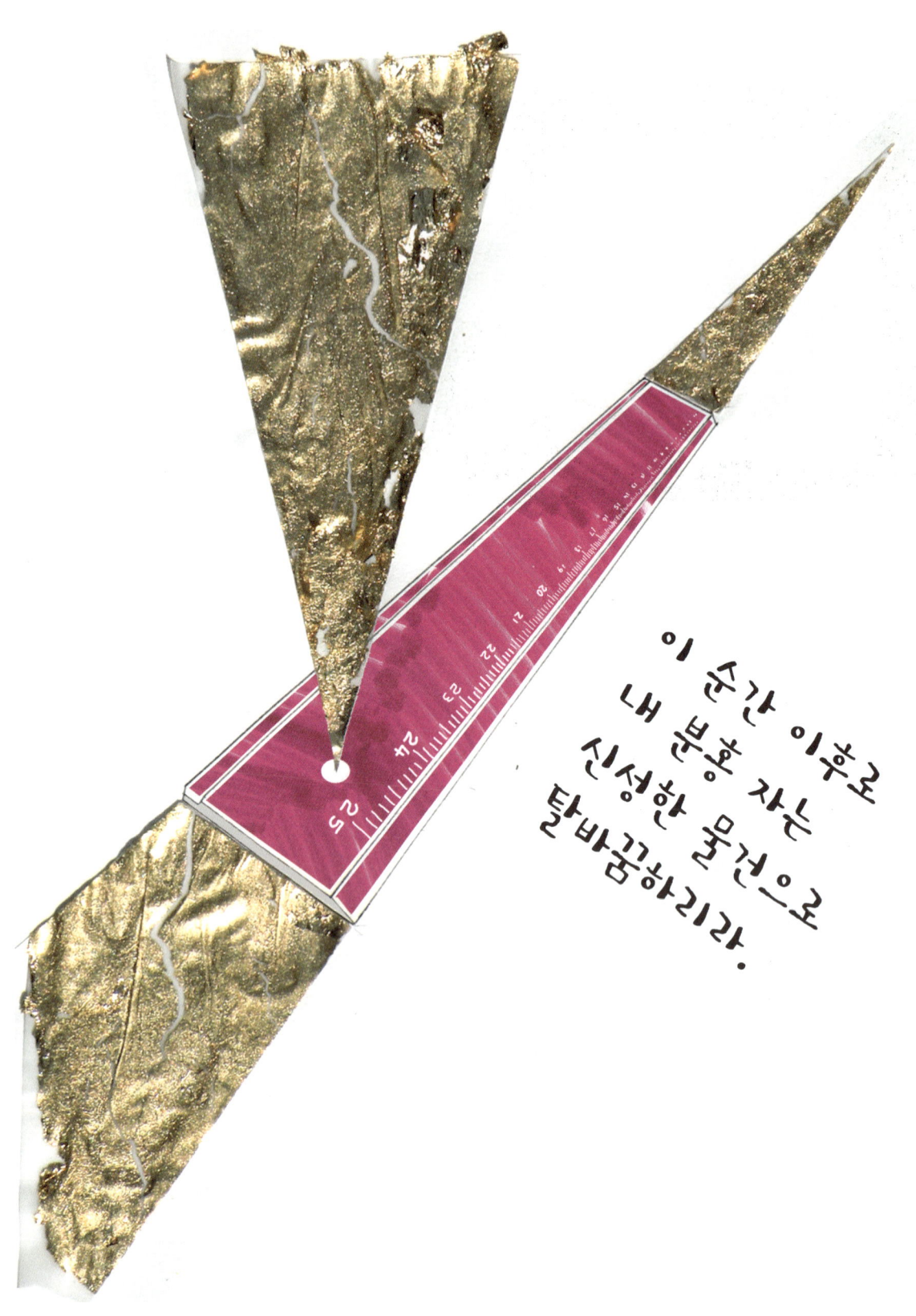

이 순간 이후로
내 분홍 자는
신성한 물건으로
탈바꿈하리라.

그때까지 나는 단 한 번도
선생님한테 맞아 본 적이 없었다.
나는 더 이상 완벽한 학생 중
한 명이 아니었다.

바로 그때
선생님이 다믈라에게 말했다.

그리고 다믈라를 때렸다.

선생님은 다시 우리 뒤 책상으로 다가갔고
상황은 훨씬 더 묘해졌다.

어젯밤에 선생님이 잠을 잘 못 주무셨나? 선생님은 대체 무슨 영문인지 알고 이러시는 걸까?
말한 사람은 나였다. 그런데 다믈라는 무슨 잘못을? 선생님은 내 분홍 자로 반 친구들 모두를 때렸다!
당황스럽긴 했지만, 난 안도의 한숨을 내쉬었다.

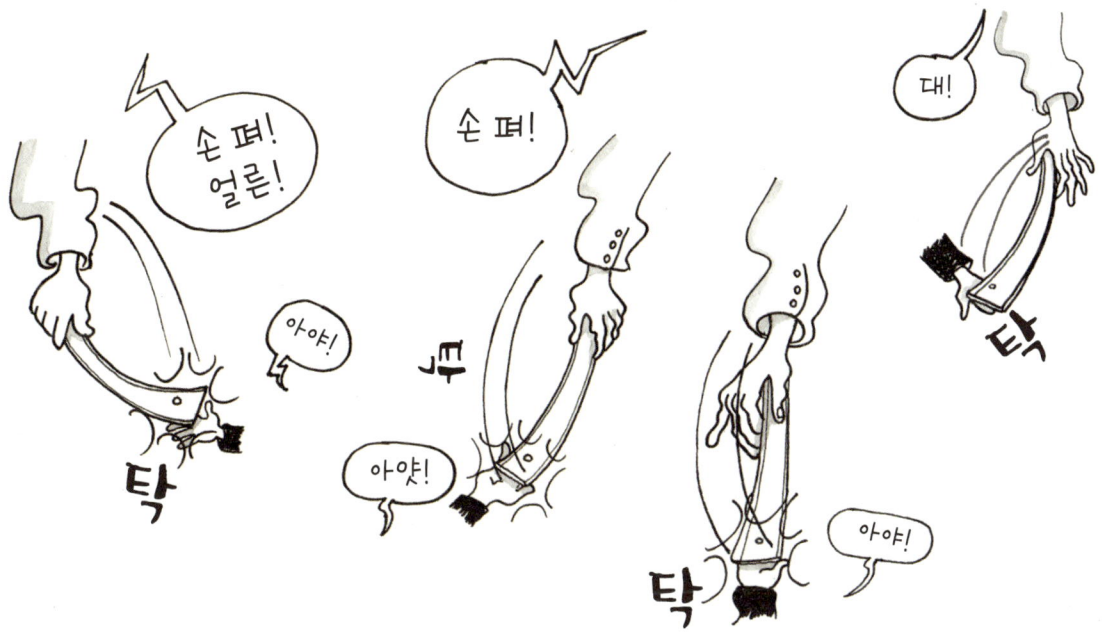

체벌이 끝난 뒤, 들리는 소리라고는
우리의 연필 소리와 선생님의 분필 소리, 그리고
낡은 마룻바닥에서 나는 끽끽 소리가 전부였다.

아빠한테는 도저히 말할 수가 없었지만,
엄마한테까지 학교에서 맞은 일을 잠자코
넘어갈 수는 없는 노릇이었다.

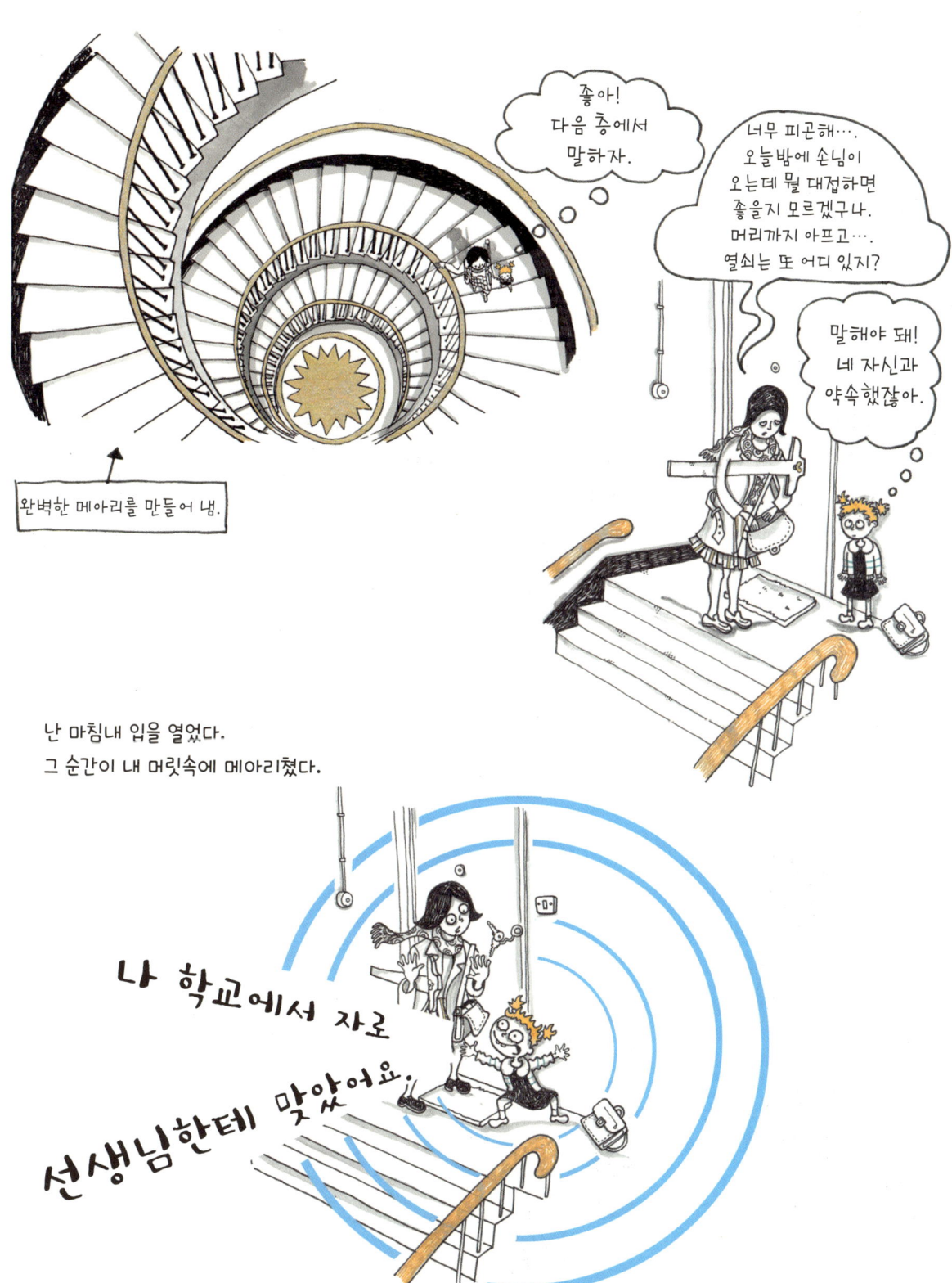

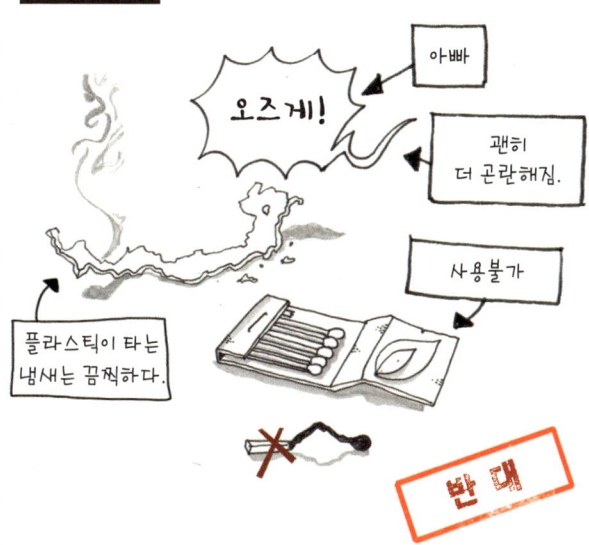

실제 삶에선 곤란한 상황을 만났을 때
왜 골동품 꽃병이 나타나 주지 않는 걸까?

무자비함을 감수하며 사는 법을 배운다는 건,
나 역시 그렇게 살아야 한다는 뜻일까?

나의 선택은 이렇다.

제6장

하나뿐인 채널

1980년대 초반에는 대부분의 제품들이 한두 가지 상표밖에 없었다.

아빠는 잡상인과 소곤소곤 이야기를 나눴다.
언니와 난 간신히 몇 마디를 들을 수 있었다.

그때 아빠가 엄마를 불렀다.

세 사람은 소곤거리면서 우리를 가리켰다.

이윽고 엄마 아빠가 상자 하나를 들고 돌아왔다.
얼굴엔 함박웃음이 가득했다.

이 밀수품은 워낙 비싸서 찬장 높은 자리에 보관되었다. 가끔 아침을 다 먹으면 엄마가 상으로 콘플레이크를 조금씩 나눠 주었다.

학교에서…

정부에서는 수입품을 금지했지만 몇몇 외국 텔레비전 프로는 허락되었다. 채널이 하나뿐이라서 제일 좋은 점은 전부 같은 프로를 본다는 사실이었다.

일주일을 통틀어 어린이 프로는 기껏해야 한두 개가 전부였다. 길에서 놀고 있으면 갑자기 누군가가 이렇게 외쳤다.

우리는 당장 집으로 달려갔다.

만화를 볼 수 있는 방법이
하나 더 있긴 했지만
해안가에 사는 사람들한테만
통하는 방법이었다.
이즈미르에서는 그리스 섬들이
잘 보였다.
그리스 방송도 수신이 가능했다.

그리스 텔레비전은 채널이 두 개였고
터키 텔레비전보다 만화가 더 많이 나왔다.

정부에서 허락한 한 외국 프로는 사람들을 자석처럼
텔레비전 앞으로 끌어당겼다.

〈댈러스〉는 미국 드라마였다.
〈댈러스〉가 시작하는 순간,
모든 생활이 일시정지 상태에 빠졌다.

거리란 거리는 텅 비었다.

심지어 난 올림픽 수영 선수고 우리 집 카펫은 댈러스에 나오는 수영장인 척하며 놀기도 했다.
그러던 어느 날 아빠가 언니와 나에게 선언했다.

아빠가 둘이 함께 쓸 만돌린 하나를 가져다 주었다.

엄마는 곧바로 특별한 만돌린 케이스를 만들어 주었다.

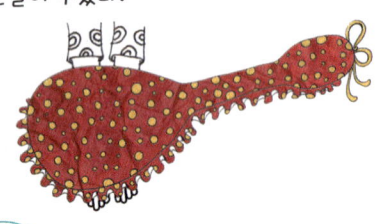

펠린 언니는 오전반 수업을 들었다.
수업이 끝나면 밖에서 나를 만나 만돌린을 전달했고, 그럼 난 정오반 수업을 들을 수 있었다.

팔 밑에 만돌린을 끼고 걸을 때면,
난 세상에서 가장 중요한 사람으로 변신했다.

기다리는 동안 나는 길바닥에 분필로 그림을 그렸다.

무자페르 선생님은 보표와 높은음자리표를 그린 다음 그 주의 연주곡을 적었다.

'연주' 하라는 선생님의 말이 떨어지자, 우리는 한목소리로 신 나게 〈댈러스〉를 연주하며 노래를 불렀다.

제7장

이스탄불

그 시절 대부분의 터키인들이 그랬듯이 우리 집에도 전화가 없었다.

전화가 없어서 가장 좋은 점은 현관문이 깜짝 선물의 공간으로 변신한다는 사실이었다.

니하트 외삼촌이었다.

외삼촌은 친구들과 함께 이스탄불에 살았다. 외삼촌은 여행을 좋아했고, 어쩌다 우리 집에서 며칠씩 묵기도 했다. 올 때마다 짐은 작은 가방 하나가 다였다.

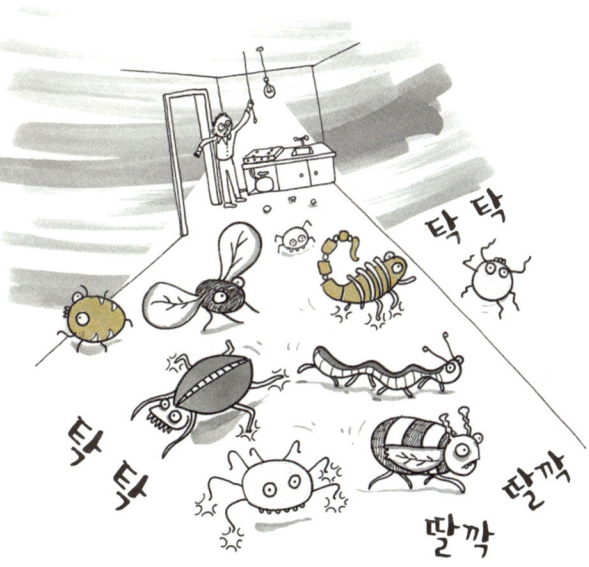

아주 긴 나무라 좁은 지하실에는
통째로 들어가지 않아서 외삼촌과 친구들은 한쪽 끝을
창문 밖으로 빼내고는…

반대쪽 끝을 난로에 넣고 태웠다.

결국 통나무는 점점 더 짧아져서
지하실에 딱 맞는 길이가 되었다.

외삼촌과 친구들이 난로라고 부르는 물건은 사실,
같은 공사장에서 가져온 양철통이었다.
들고 가는 게 귀찮았던 외삼촌과 친구들은 한밤중에
양철통을 언덕 밑으로 데굴데굴 굴렸다.

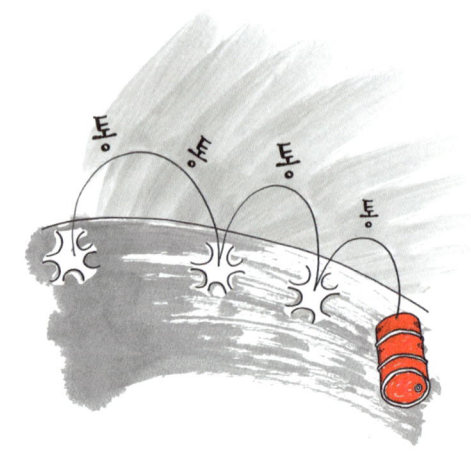

아빠는 노력과 질서, 그리고 규율을 좋아했다.
이 세 가지를 통해 아빠는 살아남아 대학에 가고, 교사가 될 수 있었다.

아빠는 함께 있기 편한 사람이 아니었다. 평생 편하게 살아오지 못한 탓이었다. 아빠는 고아원에서 자랐다.

아빠는 매우 단정한 사람이었다. 어렸을 때부터 그랬다고 한다. 고아처럼 보이고 싶지 않았기 때문이다.

우리는 할아버지, 할머니가 없었다.
외할머니와 외할아버지는 자동차 사고로 돌아가셨다.
당시 외삼촌은 열세 살이었다.

아빠와 니하트 외삼촌은 서로 달랐지만
아빠는 외삼촌을 많이 감싸는 편이었는데,
모르긴 해도 두 사람 다 어렸을 때
부모님을 잃었기 때문이 아닌가 싶다.

어느 날 밤 외삼촌이 다녀가고
얼마 뒤 저녁 식탁에서,
엄마가 핸드백에서 편지 한 통을 꺼내 읽었다.
교육부에서 온 편지였다.

난 충격에 빠졌다.
태어나서 엄마하고 떨어져 본 적이 한 번도 없었다.

아빠와 소통을 하려면 엄마가 필요했다.
그런데 엄마가 가 버렸다. 엄마를 만날 때까지 어떻게 버텨야 할지 막막했다.
언니가 나에게 기발한 방법을 알려 주었다.

그 조약돌 덕분에 언니와 함께 아빠를 따라 버스를 타고 멀고 먼 이스탄불로 갈 때까지 버틸 수 있었다.

그날은 엄마의 교사 연수 마지막 날이었다.
아빠는 친구들을 만나러 갔고,
언니와 난 엄마와 함께 남았다.

니하트 외삼촌은 이스탄불에 없었어.

엄마가 참가한 연수는 다른
재봉 교사 마흔 명도 함께였다.
나는 선생님들과 펠린 언니를 따라
버스를 타고 유명한 궁전들을
구경하러 갔다.
엄마 친구들은 버스 안에서
벨리 댄스를 추었다.

다른 버스 승객들

선생님 한 분이 나에게 물었다.

넌 커서 뭐가 될래?

올림픽 수영 선수요.

아니, 진짜 직업을 가져야지. 수영은 취미고.

취미라고요?

81

난 취미를 말하는 게 아니었다. 열정에 대해 이야기하고 있었다. 나는 곧바로 행동에 돌입했다.

"엄마, 나 물안경 사 주시면 안 돼요?"

"스노클링 물안경을 사 줄까? 바닷가에 가면 물고기들도 볼 수 있고."

"오! 그게 훨씬 좋은데요."

"아빠한테 여쭤 보렴."

"엄마가 대신 말해 주면 안 돼요?"

"네가 직접 여쭤 봐."

그날 밤, 나는 아빠한테 다가갔다.

"얼른."

엄마의 삼촌

축구

"아빠, 우리 스노클링 물안경 사 주시면 안 돼요?"

"사 줄게."

생각보다 쉬웠다.
이튿날 우리는 그랜드 바자르 시장에 가서 미로 같은 골목길을 요리조리 돌아다녔다.
언니와 엄마는 옷감 가게로 갔고, 아빠와 난 다른 쪽으로 향했다.

"싸고 좋은 스노클링 물안경을 찾아보자."

82

아빠는 고통스러워하는 물고기들과 한마음이었다.

우린 여덟 마리 꼬마 물고기를 잡았다.
성공한 사냥꾼이 된 기분이었다. 아빠는 척척박사였다.
이스탄불을 돌아다니는 법, 스노클링 물안경을 사는 곳에다
낚싯바늘에서 물고기를 떼어내는 법까지.

엄마 삼촌 댁에 도착하자
아빠는 플라스틱 양동이를 물로 가득 채웠다.

나는 물안경을 쓰고 양동이 속으로 고개를 쑥 집어넣었다.

이런 모습이 눈에 들어왔다.

밖에서 아빠 목소리가 들렸다.

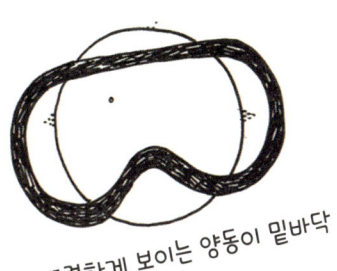

또렷하게 보이는 양동이 밑바닥

제8장

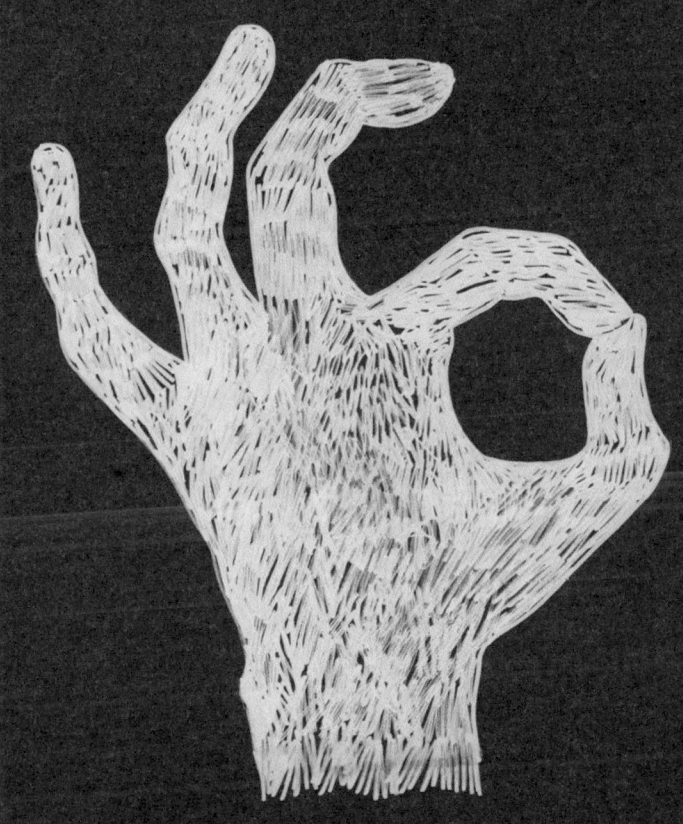

제로(0)

터키 돈에는 숫자 'O'이 엄청나게 많았다.

10,000 터키 리라 = 1 미국 달러

사람들이 〈댈러스〉 속 생활방식에 매료된 사이, 투르구트 외잘이 새로운 총리로 선출되었다. 그의 꿈은 터키를 작은 미국으로 변화시키는 것이었다.

당선자

터키 총리 투르구트 외잘 1983-1989

터키 대통령 케난 에브렌 장군 1980-1989

외잘은 자유 시장 경제 정책을 펼치기 시작했고, 1987년에는 수출과 수입이 모두 이루어졌다.

터키 총리는 엄청난 권한을 행사해.

아주 빠르게 어마어마한 부자가 된 사람들이 생겼지만, 더 가난해진 사람들도 생겨났다.
엄마 아빠는 정부에서 월급을 받았다. 물가는 매달 오르는데, 부모님 월급은 그대로였다.

동네 친구인 엥긴 오빠네 아버지는 직물 수입상이었다. 오빠네는 하루아침에 벼락부자가 되었다.

코모도어 64

터키 잡지는 종이 질이 나쁜데다가 그림이나 사진도 별로 없었다. 외국 잡지는 번쩍거리는 종이에 찍힌 그림이나 사진이 많지만, 엄청나게 비쌌다.

내 친구들은 벽에다 포스터를 붙여놓았다.

나도 내가 제일 좋아하는 스타의 포스터를 붙였다.

팝스타를 따라하고 수입품을 입고 신는 게 '유행'이었다. 쿠스토 선장을 붙여놓고 세상 물정도 모르던 나는 유행에 뒤처진 사람이었다.

제9장

인정

우리 부모님은 부자가 아니었고, 따라서 언니와 난 공립학교에 다닐 수밖에 없었다.

공립학교에도 일류 공립학교와 일반 공립학교가 있었다.

중학교에서 우리 반은 모두 63명이었다. 애들이 많은 건 좋은 점이기도 했는데, 교실에 난방이 되지 않기 때문이었다. 가운데 자리는 움직이기 힘들다는 점만 빼면 아주 따뜻하고 좋았다.

일류 대학에 입학허가를 받기 위해서는 특정한 경로를 따라야만 했다.

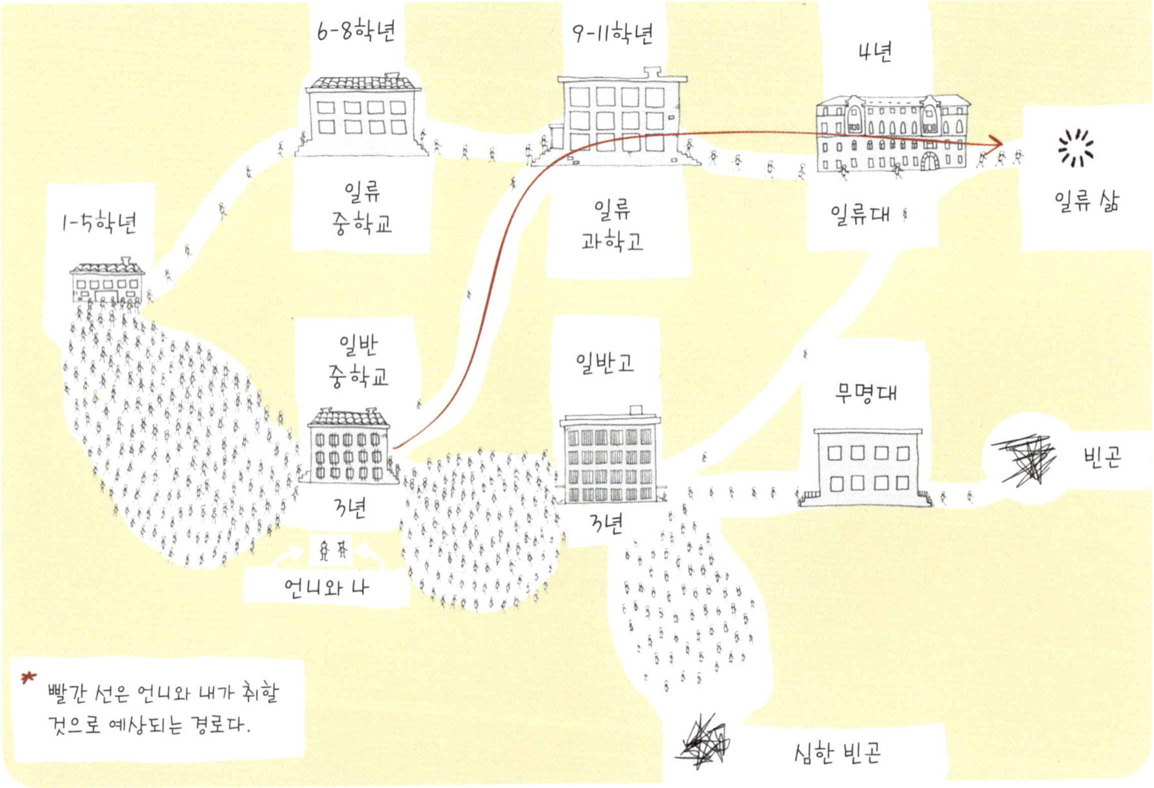

* 빨간 선은 언니와 내가 취할 것으로 예상되는 경로다.

수많은 아이들이 일 년에 한 번 시행되는 전국 시험에서 고득점을 받아 일류 중학교와 일류 과학고, 그리고 일류 대학에 합격하기 위해 경쟁했다.

예기치 않은 일이 발생하기도 했다. 내 친구 오느르는 중학교 입학시험 당일 아침, 몸살이 났다.

시험 당일

화장실에 가기 위해 10분을 허비하고 싶진 않겠지. 그러니 정 소변이 마려우면 바지에 싸도 좋아. 이해한다.

황당하지만 사실임.

물
휴지
지친 뇌를 활성화시킬 사탕
지우개
손목시계
2B연필
부잣집 아이들은 사립학교에 가면 되기 때문에 이런 생난리를 치를 필요가 없다.

우리 아들은 미래를 망쳤어.

재시험은 없었다. 오느르는 일반 중학교에 가는 수밖에 없었다.

입시를 준비하면서 주말학교에 다니지 않고 일류 학교에 들어가기란 불가능에 가까웠다. 그 말은 곧 일주일 내내 학교를 다닌다는 뜻이었다.

X 밸브를 이용하면 수영장물을 가득 채우는 데 6시간이 걸린다. 수영장물이 가득 채워져 있을 때, Y 밸브로 물의 절반을 빼려면 총 9시간이 걸린다. Z 밸브는 수영장물을 다 빼는데 총 10시간이 걸린다. 만약 수영장에 물이 하나도 없다면 세 밸브를 전부 열어 둔 채로 수영장을 가득 채우려면 모두 몇 시간이 걸리겠는가?

A) 6   B) 5   C) 7   D) 정답 없음

안타깝게도 모든 주말학교는 사립이었고, 결국 가계에 엄청난 부담이 되었다.

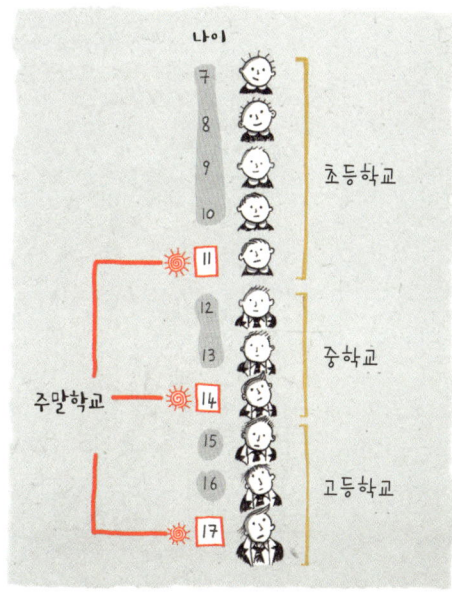

언니는 내년에 고등학교에 진학할 예정이었고,
아빠는 입시 대비용 주말학교 등록금 때문에
골머리를 앓았다.
하지만 언니는 스스로
그 문제를 해결했다.

우리 집에는 언니가 받은 트로피 놓는 자리가 따로 있었다.

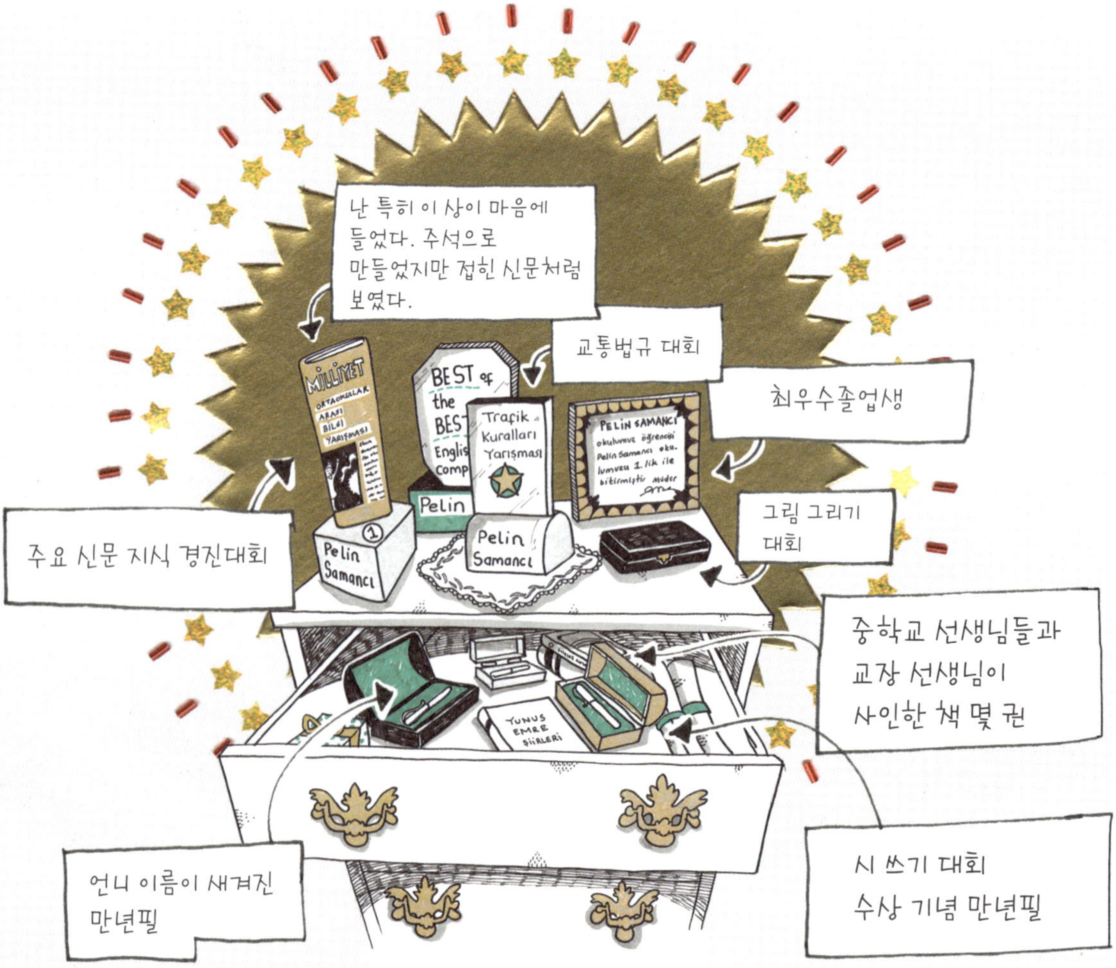

난 특히 이 상이 마음에 들었다. 주석으로 만들었지만 접힌 신문처럼 보였다.

교통법규 대회

최우수졸업생

그림 그리기 대회

주요 신문 지식 경진대회

중학교 선생님들과 교장 선생님이 사인한 책 몇 권

언니 이름이 새겨진 만년필

시 쓰기 대회 수상 기념 만년필

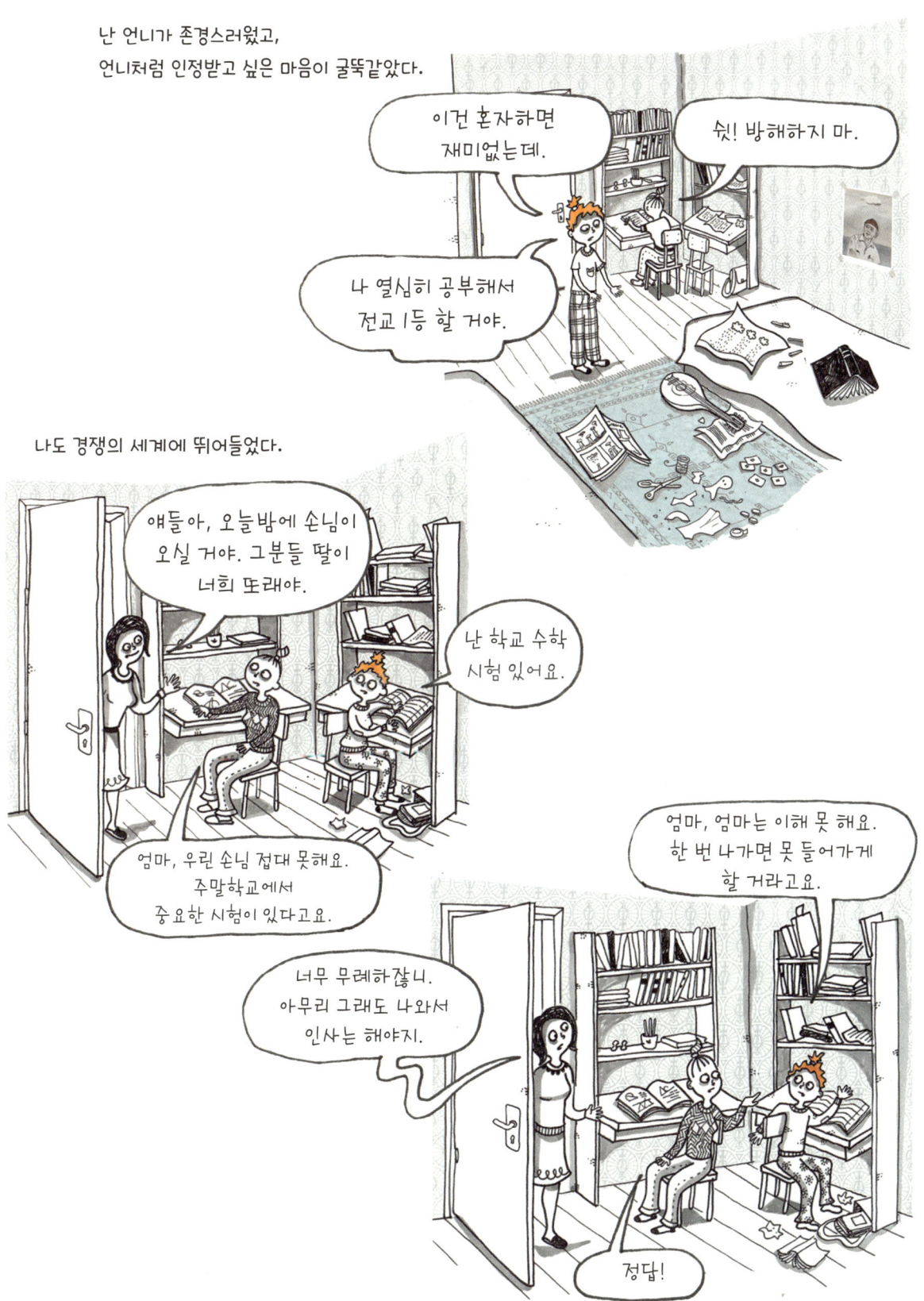

엄마는 우리를 걱정했다.

아빠는 자랑스러워했다.

니하트 외삼촌은 반대였다.

언니는 모범생일 뿐만 아니라 훌륭한 시인이자 화가이자, 가수였다.

그러나 그해 언니는 노래하고 춤출 시간이 없었다. 난 그런 언니를 볼 시간이 없었다.

그리고 아빠한테 인정받고 싶었다.

쿠스토 선장의 입을 막아 버렸다.

제10장

고장 난 라디오

따분한 삶이었다.

틀림

그런데 갑자기 학교에서 흥미진진한 일이 생겼다.

엄마! 나 학교 연극에서 배역을 따냈어요.

연극 이야기가 끝도 없이 줄줄 쏟아져 나왔다.

하나같이 그 애교 넘치는 소녀 역을 탐냈거든요. 할머니 역을 원하는 사람은 아무도 없었어요. 저도 싫긴 했는데, 선생님이 저한테 할머니 역을 맡긴 거예요. 그런데 그 할머니 역이 주연으로 바뀌었지 뭐예요. 이제 다들 그 할머니 역을 맡지 못해 안달이 났다니까요.

계속 그 연극 따위에 시간을 허비할 생각이냐? 입시가 코앞인데.

가만히 좀 있어.

기막힌 생각이 떠올랐다.

오즈게, 그 옷 벗어.

엄마

난 여배우가 될 거야! 정말 재미있을 거야!

113

하지만 아침이 되자 우린 모두 현실을 직면해야만 했다. 당직 선생님들은 지독한 방법으로 우리를 깨웠다.

아침밥은 끔찍했다.

우리 반은 여학생이 네 명뿐이고 남학생만 스무 명이었다.

우리 학교 남학생의 상당수는 이슬람교를 신봉하는 보수적인 가정 출신이었다.

상당수 여학생들은 이슬람교를 실천하지 않는 진보적인 집안 출신이었다.

보수적인 가정 출신 여학생도 더러 있긴 했지만, 대부분의 보수적인 가정에서는 딸들을 기숙학교에 보내는 걸 별로 내켜하지 않았다.

대부분의 남학생들은 여학생들한테 겁을 먹었고, 따라서 그냥 우리를 무시해 버렸다.

우리 반 몇몇 남학생들 눈에 우리는 방탕하고 하찮은 존재였다.

반면 우리 눈에 그들은 눈가리개를 낀 최악의 멍청이들이었다.

제11장

사냥터

우리 고등학교에서 최고의 모순을 꼽으라면
다름 아닌 교장 선생님이었다.

학생들 사이의 양극화는 교장 선생님과
일부 선생님들의 노력의 산물이었다.

터키 문학을 담당하는 체틴 선생님은
공장을 가진 부유한 사업가였다.
선생님한테 쥐꼬리만 한 교사 월급은 받으나마나였다.
선생님은 교사라는 지위를 이용해
독실한 무슬림 학생들을 조직화했다.

종교와 윤리 담당인 마흘루키 선생님은
수많은 이론의 소유자였는데,
대부분은 여성의 혈액순환에 대한 내용이었다.

124

그렇지만 학교에는 몇 가지 좋은 점들도 있었다.

함께 성장해 갈 친구들

정치적으로 양극화된 곳에서 소수자로 살려면 서로 의지하는 길밖에 없었다.

소수의 열정적인 선생님들

모험

우리는 몰래 담을 넘어 외출을 하곤 했는데, 밤에는 문이 다 잠겨서 다시 들어오려면 아침까지 기다려야만 했다.

꺼져! 여긴 내 구역이야!

오늘밤은 저희랑 함께 쓰셔야 해요.

그리고 아름다운 운동장

오스만 제국 시절, 몇몇 왕들은 사냥을 즐겼다. 우리 학교 터는 한때 오스만 제국의 왕인 무라트 4세의 사냥터였다.

우리 학교는 공부 말고는 달리 할 일이 많지 않았다.

우리가 제일 좋아하는 선생님 중 한 분인 카야 선생님이라면 도움이 될 것 같았다.

작은 학교인지라 소문은 매우 빠르게 퍼져 나갔다.

이틀 뒤, 체틴 선생님이 연극부를 설립했다.

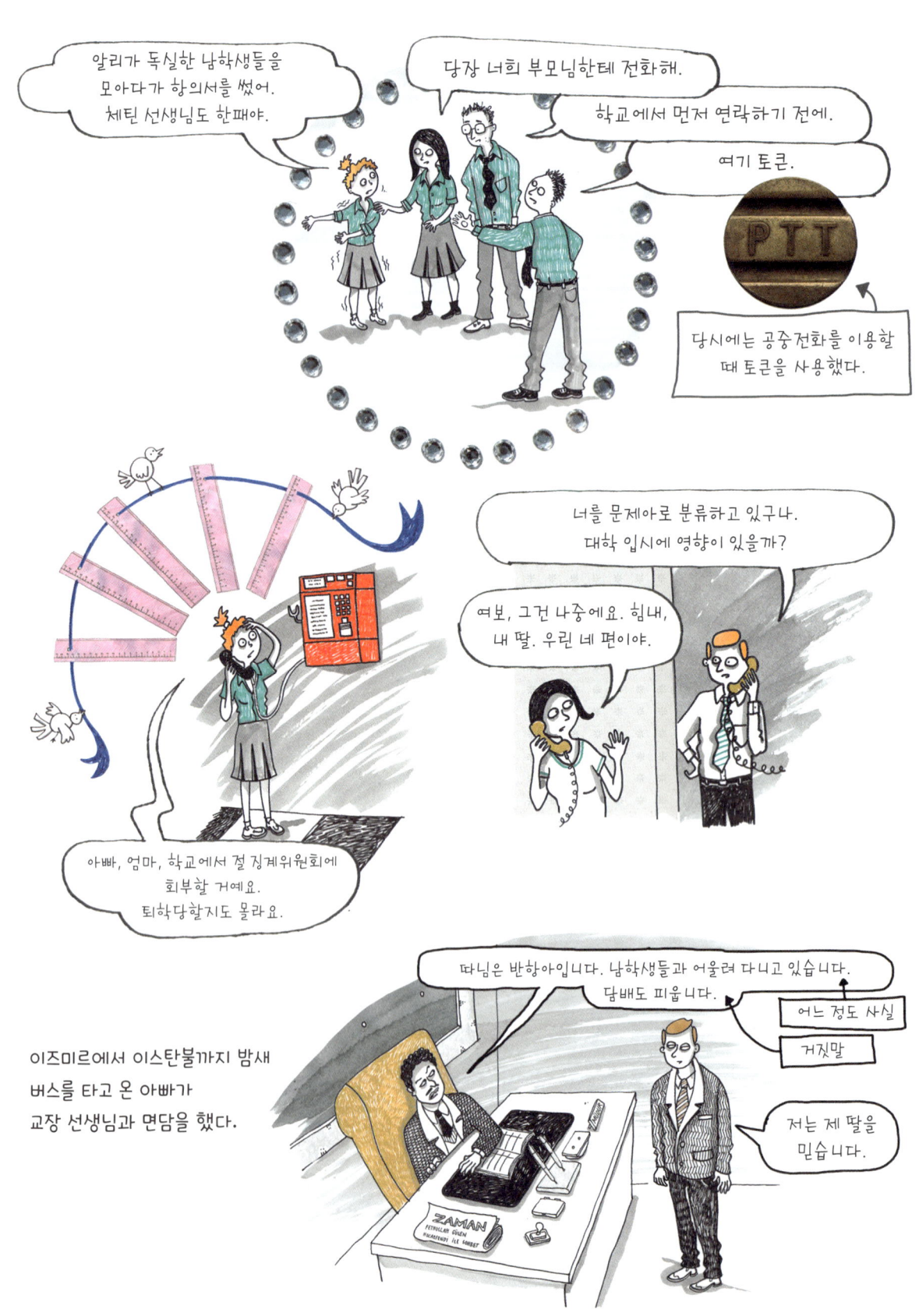

이틀 뒤, 부모님 앞으로 징계위원회의 결정문이 발송되었다. 나는 사흘간 정학을 당했다.

여름방학을 맞아 파란만장한 학교생활을 뒤로하고 집으로 돌아왔다.
좋은 소식이 있었다. 언니가 이스탄불의 일류 대학인 보스포러스 대학교에 합격했다.
우리는 한 도시에 살게 되었다.

우리 집엔 컴퓨터가 있었던 적이 없었다.
언니는 컴퓨터엔 관심이 없었지만… 아무튼… 일류였다.

제12장

감자

지금껏 이 학교,
저 학교에서
많은 시간을 보냈지만
이렇게 아름다운
광경은 처음이었다.

이즈미르에서 일반고의 마지막 학년을 마무리하는 사이, 언니를 만나러
이스탄불의 보스포러스 대학교에 찾아갔다.
지금까지는 항상 언니가 나를 보러 왔다. 언니네 대학교는 이번이 처음이었다.

풀밭에 누운 학생들…

연애하고…

노래를 부르고…

야외 수영장도 있었다.
이즈미르나 이스탄불에는 공공 수영장이 없다.

머릿속 목소리가 말했다.

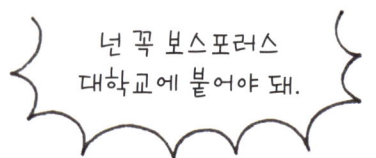

난 보스포러스 대학교에서 토목공학이나 기계공학을 전공하고 싶었다.
그렇게만 된다면 나 자신은 물론, 아빠와 선생님들을 비롯해 모두에게 기쁨을 주고도 남을 테니까.

그렇지만 보스포러스 대학교 공학과들은 최고로 우수한 학생들만 받는데, 주말학교에서 받은 내 모의고사 점수는 신통치 않았다.
나는 보스포러스 대학교라면 전공을 막론하고 무조건 들어가겠다고 마음을 굳혔다.

입학시험을 치르기 전에 먼저 희망대학 및 학과 신청서를 작성했다. 입학시험 결과에 따라 입학 허가와 함께 전공이 배정되었다.

신청서를 작성하는 동안 아빠와 한바탕 논쟁이 벌어졌다.

> 이게 뭐야? 수학! 엄마 아빠처럼 교사가 되려고?
> 수학교육 말고요. 이건 순수 수학이에요.
> 그럼 더 심각해! 수학자가 되겠다는 거야?
> 전 보스포러스 대학교에 가고 싶어요.
> 수학을 지우고 더 낫은 대학 공학과를 써.
> 차라리 죽을래요.

> 아빠 네가 안정적이고 독립적인 미래를 가졌으면 한다. 공학과를 나오면 연봉이 높은 일자리를 찾기가 쉬워. 당장은 아빠한테 화가 나겠지만 대학을 졸업하고 나면 오히려 고맙게 여길 거다.

엄마가 끼어들었다.

> 안 돼! 이건 너무 중요한 문제야.
> 여보, 스스로 실수를 알고 깨닫게 놔둬요.
> 그럼 이건 어때요? 수학과 뒤에 공학부를 더 써 넣을게요.

장장 세 시간에 걸쳐 시험이 진행되는 내내 아빠는 밖에서 나를 기다렸다.

> 보스포러스 대학교.
> 공학과.

142

한 달 뒤 결과가 발표되었다.
나는 언니네 학교의 점수가 낮은 수학과에 합격했다.

특별히 수학을 잘하는 편은 아니었지만 알 게 뭐람! 난 보스포러스 대학교에 들어갔다.
난 언니를 비롯해 아타튀르크 과학고의 두 절친과도 재회했다.

이거야말로 최고의 인생이 아닐까?

어느 날 아침, 난 함께 수업을 듣기 위해 외즐렘을 기다리는 중이었다.

신문에 우리 고등학교 아티프 체육 선생님이 테러리스트라는 기사가 났다.

어떻게 이런 일이?

터키 독립전쟁 이후, 쿠르드족과 터키족 사이에는 갈등이 있었다. 동부 터키에서는 두 민족 사이에 격렬한 전쟁이 한창이었다. 수천 명이 죽어갔다. 쿠르드족은 자기들의 권리를 주장했고, 필요한 권리들에 대해 다양한 의견을 피력했다.

아티프 선생님은 재판도 없이 처형되었다.
우리는 말없이 교실로 향했다.

쿠르드어로 하는 교육은 불가능했지만, 영어로 하는 교육은 수요가 높았다. 보스포러스 대학교는 미국 교육제도를 본보기로 삼았고 모든 수업이 영어로 진행되었다. 가끔은 그 자리에 있는 게 부조리하게 느껴졌다. 모국어는 터키어인데 우린 하나같이 영어를 썼다.

이스탄불에 있는 다른 대학에 다니는 친구들은
우리를 비난했다.

벽에는 수많은 구호들과
정치 포스터들이 붙어 있었다.

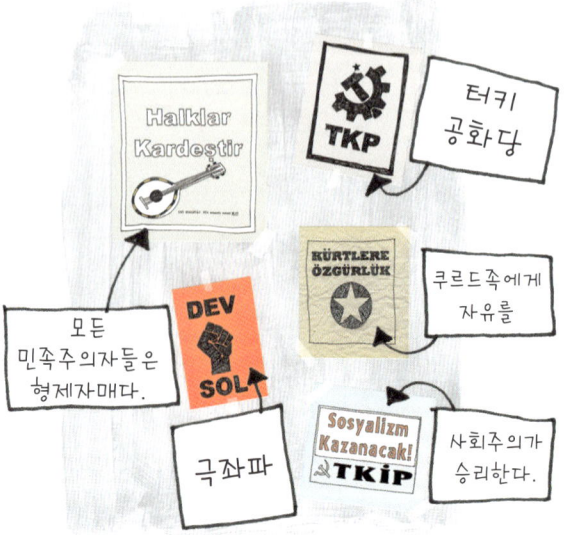

우리가 이야기를 나누는 사이,
경찰 여섯 명이 정기 주간 순찰차 카페 안으로
들어왔다.

경찰들은 포스터를 확인하며 공산주의나 쿠르드족에 대한 건 모조리 찢어냈다.

한 경찰관이 포스터 하나를 보고 주춤했다.

그러더니 포스터를 찢어 버렸다.

우리는 참을 수가 없었다. 웃음이 터져 나왔다.

제13장

구름 뒤의 태양

어느 날, 학교 식당에 갔다가 나와 한 방을 쓰는 세이다가 진한 눈 화장을 하고 앉아 있는 모습을 보았다.
이 기회를 놓칠 수는 없었다.

그 이튿날 니하트 외삼촌이 찾아왔고, 우리는 밤늦게 미니버스를 타고 삼촌 집으로 향했다.
늘 그렇듯이, 욕심 많은 운전사는 터무니없이 많은 수의 승객들로 버스를 가득 채웠다. 옴짝달싹은커녕 숨 쉬기조차 힘들었다.

600미터 쯤 앞에 교통경찰이 있었다. 입석 승객을 태우면 운전사가 딱지를 끊기 때문에 서 있던 승객들은 모두 몸을 쭈그리고 앉았다. 창문으로 보면 경찰도 알 수가 없었다.

무사히 경찰을 통과하고 나자 운전사는 두 명을 더 태웠고, 결국 참다못한 입석 승객들이 폭발했다.

이튿날 아침,
보고도 믿기지 않는
일이 벌어졌다.
어린 시절 격언이
떠올랐다.

**말은 한만큼
되돌아온다.**

난 기숙사 생활을 했기 때문에 매일 적어도
열 명 정도 새로운 사람들과 만날 일이 생겼다.

그러면 난 의심스러운 눈초리를 받기 일쑤였다.

안녕, 난 데니즈야.

안녕, 난 오즈게.

뭐 하나 물어봐도 돼?

물어 봐.

눈은 왜 그래?

교통사고.

분명히 누구한테
맞은 것 같은데, 말하기
싫은가 봐.

> 그래, 확실해.

> 사실대로 말해도 돼.

> 아버지야, 남자친구야?

> 내가 멍청인 줄 아냐?

> 맞았는데.

> 네가 무슨 짓을 했는지 누가 알아?

> 지금 장난해?

이런 생각들이 계속 이어졌으리라...

얼마 있다가 그런 상황이 지긋지긋해진 나는 그냥 듣고 싶은 대로 말해 주기 시작했다.

> 그런데, 눈은 왜 그래요?

> 남친한테 맞았어요.

> 오, 저런...

나는 기가 죽었다. 이틀 뒤 나쁜 소식이 뒤따랐다. 성적표가 나왔다. 평점이 작은 내 키와 똑같았다. 4.0 만점에 1.58점. 수학은 몽땅 낙제점을 받았다.

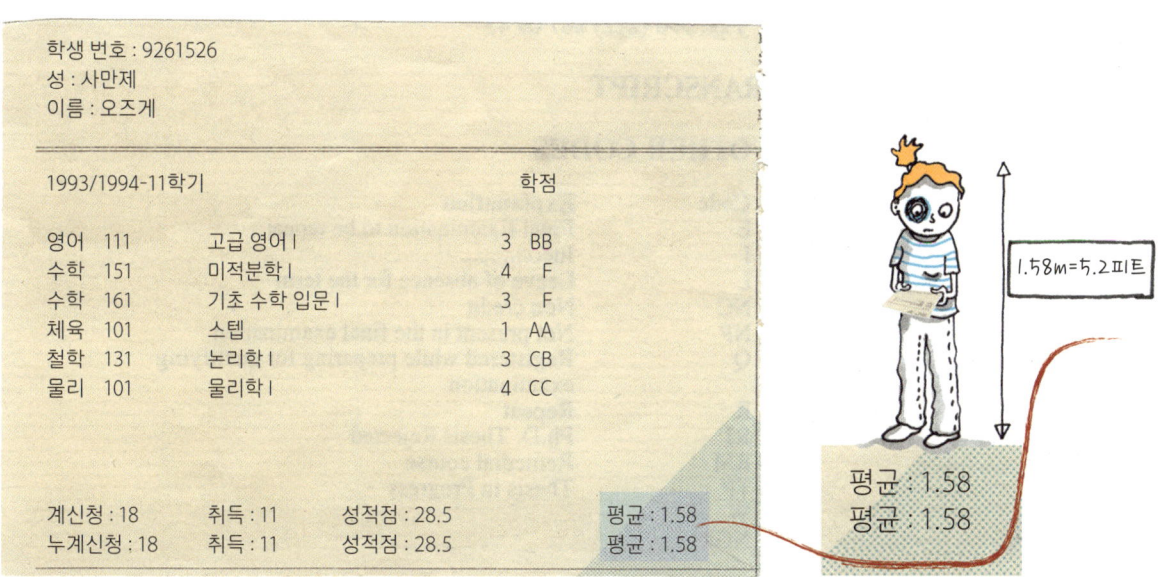

나는 강아지 학교의 고양이가 된 기분이었다. 적응이 되지 않았다.

어떤 콤팩트 집합 E도 완전 유계임은 명백하다. (X_n)을 E에서 임의의 코시열이라고 가정하자. F_n은 E에서 집합 $\{X_k : k \geq n\}$의 폐포이며 $U_n = E - F_n$이라고 가정하자. 만약 모든 F_n의 교점이 공집합이라면, (U_n)은 열린 덮개가 되며, 따라서 E의 (U_{n_k})의 유한한 부분덮개를 가진다.  따라서 F_{n_k}의 교점은 공집합이 된다. 이는 F_n이 어떤 N_k보다도 큰 모든 n에 대해 공집합임을 의미하는데, 이는 모순이다. 따라서 모든 F_n의 교점은 공집합이 아니며, 이 교점의 어떤 점은 집적점이 되므로…

나야말로 공집합이 된 기분이었다. 내가 어디에 속하는지 알 수가 없었다.

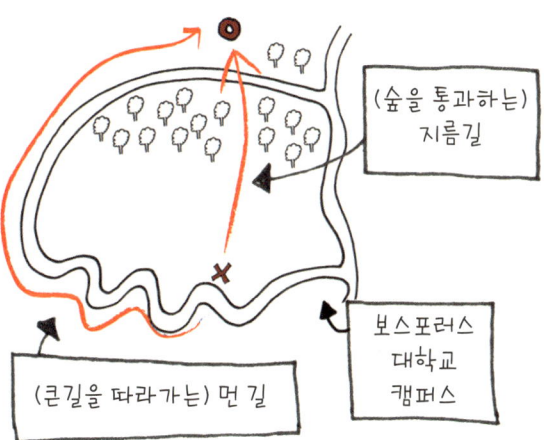

갑자기 남자의 목소리가 들렸다.

난 물속에 있는 사람처럼 숨을 꾹 참았다.
머릿속 생각들이 달음질쳤다.

별안간 두 가해자가 나를 두고 달아나 버렸다.

누가 온다!

그 누군가가 내 목숨을 구했다.

나는 기절하지 않았고 둘은 내 가방만 훔쳐갔다.

"난 항상 낯선 이들의 친절에 의지해 살아왔어요."
—테네시 윌리엄스, 『욕망이라는 이름의 전차』

그들이 가 버린 뒤 나는 비명을 지르기 시작했다.

아무래도 두 사람이 달아난 쪽에서
누군가가 오고 있는 것 같았고,
그들은 다시 내 쪽을 향해 달려왔다.

살려 주세요!

제14장

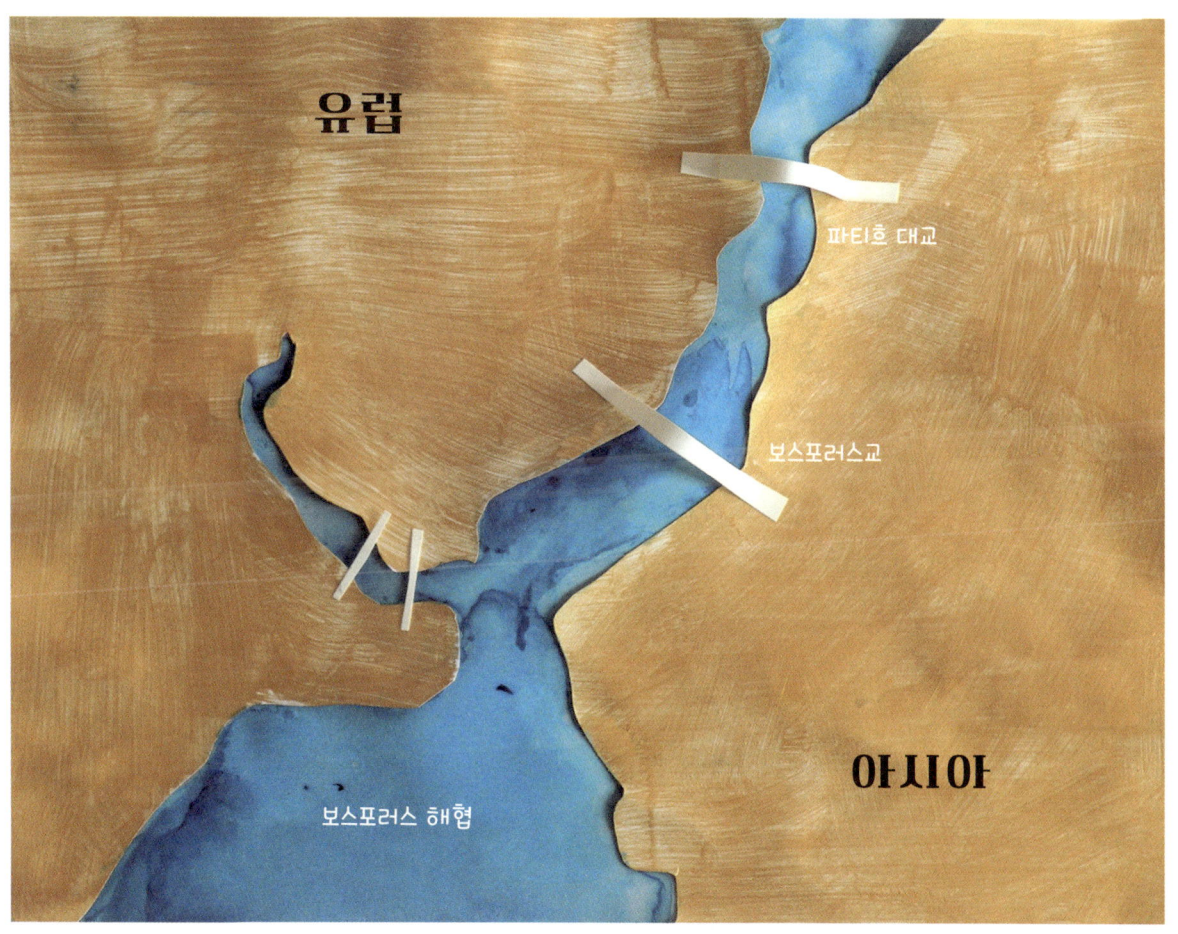

이도 저도 아닌

시퍼런 눈과
벌건 눈이
번갈아
생긴 후로
난 눈이
번쩍
뜨였다.

난 살아 있었지만 매일 아침 똑같은 생각과 함께 잠에서 깨어났다.

오늘이 바로 내가 죽을 날일지도 몰라.

그럴 수도, 아닐 수도.

죽음을 맞이하는 순간, 내가 살아온 길을 후회하고 싶지 않았다. 남자의 공격을 받고 한 달 후, 나에겐 남자친구가 생겼다.

이게 내가 진정 원하는 걸까?

베키르

두 달 뒤…

나 베키르하고 헤어졌어.

왜?

몰라. 생각이 딴 데가 있는 것 같아.

인생을 낭비하는 기분이야.

난 너하고 달라. 넌 수학을 좋아하잖아.

좋아하지.

난 수학에 대한 열정이 없어.

그럼… 이제 어쩌려고?

내가 뭘 원하는지는 모르겠지만 내가 뭘 원하지 않는지는 알아.

난 자동차와 더 좋은 자동차, 집과 여름 별장을 장만할 능력을 갖추기 위해 우중충한 건물의 은행 안 칸막이 속에서 일하고 싶진 않아.

멋진 자동차

예쁜 아내

좋은 집

좋은 회사의 연봉 높은 직업

너희 부모님처럼 되기 싫은 거구나…

그런데 부모님을 실망시키고 싶진 않아.

넌 이 체제의 일부가 되고 싶지 않은 거야…

그런데 굶주리는 건 싫어.

그건 불가능하지 않을까.

나한테 해결책이 있어.

난 내가 하고 싶은 연극을 공부할래. 그리고 이 빌어먹을 수학 학위도 꼭 따내서 부모님도 기쁘게 해 드릴 거야.

오즈게, 그럼 할 일이 두 배가 되잖아. 진심이야?

나는 생활비를 최소화했다.

내 기숙사는 방학 동안 문을 닫지만 언니 기숙사는 여름학교 학생들을 위해 열려 있었다.
다행히, 공립학교 기숙사는 무료라서 언니가 가고 없는 동안 언니 방을 쓸 수 있었다. 난 짐을 옮기다가 보물들을 발견했다.

집으로 가면서 학생들은 필요 없는 물건들을 버리고 갔다. 낡은 신발, 스웨터, 보증금을 받을 수 있는 빈 병 등등

나는 빈 방들을 차례로 다니며 남기고 간 물건들을 차곡차곡 챙겼다.

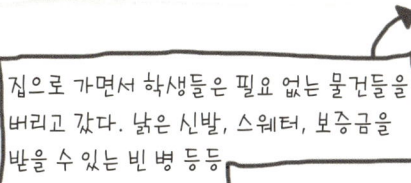

그런 다음 바로 캠퍼스 정문 밖에서 고물을 파는 아저씨에게 향했다.

아저씨는 현금을 주면서 내 귀에 대고 속삭였다.

그 돈으로 나는 이스탄불에 머무르면서
연극 학교 오디션 준비를 할 수 있었다.
놀랍게도 난 오디션을 통과했다.
연극 학교 첫 해에 우리는 단편을 쓰고, 연출하고,
연기하는 법을 배웠다. 특히 극본 작업과 연출이
재미있었다. 친구들은 내 아이디어를
마음에 들어 했다. 난 진심으로 행복했다.

그런데 1학년을 마치자 전부 연기뿐이었다.
나는 배우와는 거리가 멀었다.

나는 두 학교를 모두 잘 해내기 위해 고군분투 중이었다.
아빠와 나 모두를 만족시키기 위해 말 그대로 대륙에서 대륙으로 달리고 있었다.

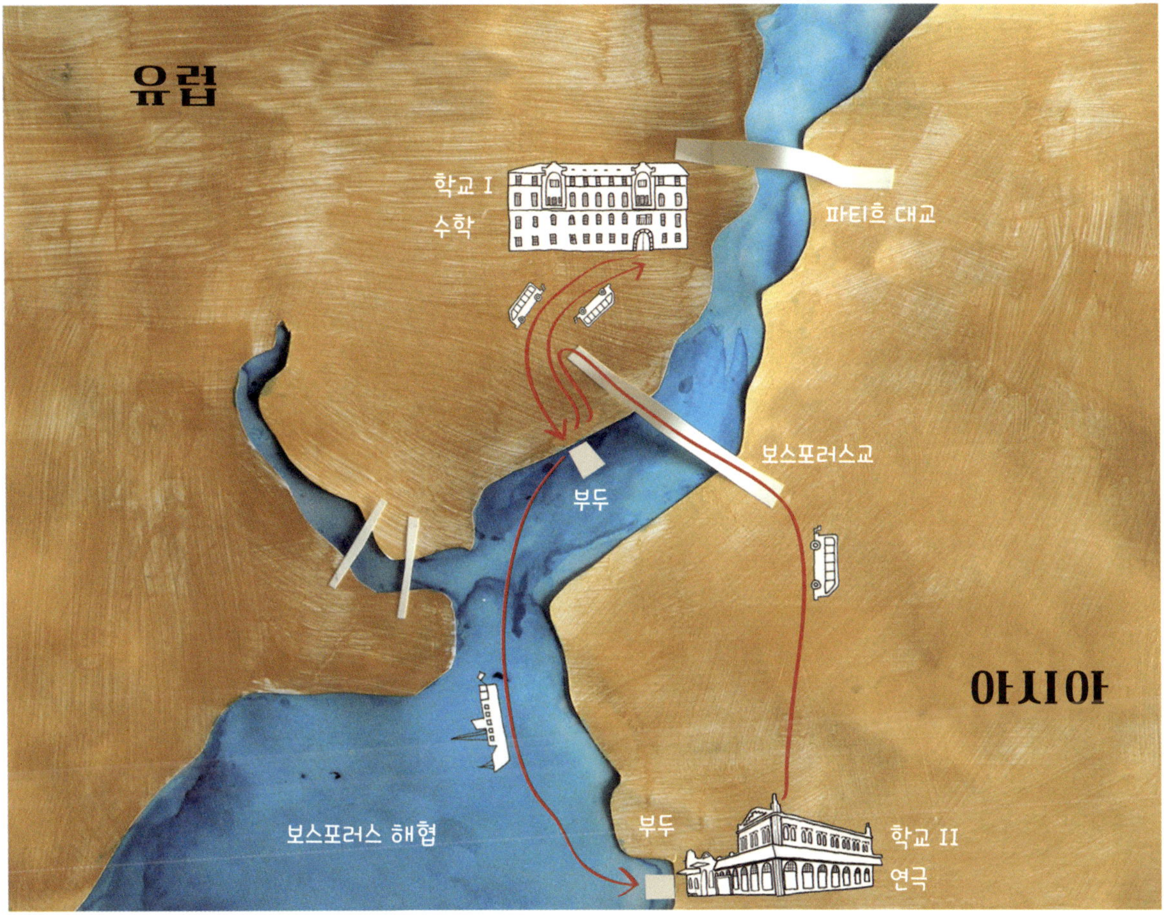

난 부모님 돈을 받는 게 싫었다.
고등학생을 대상으로 방문 과외를 시작했다.
일주일에 한 번씩 학생 다섯 명의
집으로 찾아갔다.

내 친구들은 여러 즐거운 활동과 파티와 데이트를 즐겼다.

아르카다쉬와 외즐렘은 졸업을 했다.

곧바로 조교로 채용됨.

곧바로 조교로 채용됨.

찍습니다.

내가 다시 죽음과 마주해야 한다면 무엇 하나 끝까지 해내지 못한 걸 후회하겠지…

3년 동안 나는 서서히 자존감을 잃어갔고 마침내 바닥을 쳤다.

나는 잠을 이루지 못하거나 아예 일어나지 못했다.

일어날 이유가 없어. 인생은 재미가 없어. 아, 일어나서 커튼을 닫을 수만 있다면.

넌 아무도 아니야. 넌 아무것도 아니야. 다들 잘만 사는데 너만… 넌 살면서 하고 싶은 게 뭔지도 모르잖아.

식욕을 잃다

직사광선을 피하다

직사광선을 피하다

식욕을 잃다

일어날 수 있을 때는 내 팔에 다이얼이 달려 있다는 상상을 했다. 그만 다이얼을 끄고 사라지고만 싶었다.

잘 가.

제15장

시작

나는 빵을 사러 나가 버렸고
바로 엄마가 뒤따라왔다.

집으로 돌아온 뒤, 옛날 내 방에 숨었다.
지금은 엄마가 재봉실로 쓰는 방이었다.

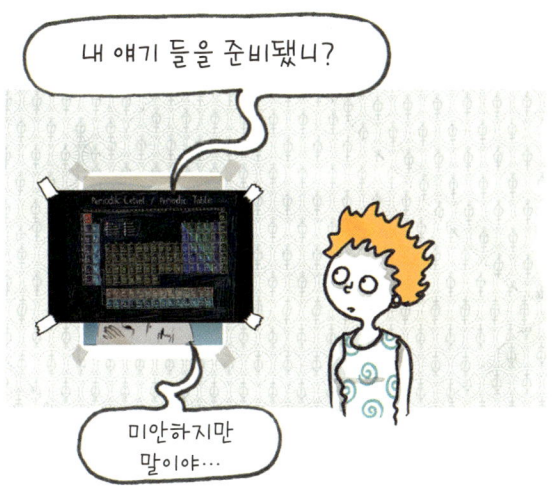

집을 떠나기 전날, 엄마가 아빠와 나의 화해를 주선했다.

그리고 다함께 나에게 작별 인사를 했다.

오즈 군이 나를 본보기로 삼지 말아야 할 텐데.

이스탄불로 돌아오는 버스에서 생각이 꼬리의 꼬리를 물고 이어졌다.

나는 외삼촌 같은 면이 있었다.

아빠를 닮은 면도 있었다.

난 학위가 필요해. 삶은 위험투성이야.

언니처럼 살고 싶은 마음도 있었다.

우리가 주지사님 혈액형을 검사했어.

세상과 마주하기 위해
엄마의 보호가 필요한 사람이기도 했다.

아빠는 왜 나한테 소리를 지르는 걸까요?

나는 그저 우리 가족을 다 합친 사람일 뿐인 걸까?
어떤 내가 진짜 나일까? 내가 원하는 건 무얼까?

"나는 커피 얼룩 있는 사람들이 좋더라."

"나 이거 가질래, 괜찮지? 사무실에 걸어놓고 싶어."

"내가 먼저 봤어!"

"찢어지잖아!"

"걱정 마. 나 많아. 다 가져."

> 시카고 일리노이 대학교에서 수학 박사 학위를 따기 위해 유학을 떠날 예정

> 이스탄불을 방문 중이지만 미국 캘리포니아 공과대학에서 물리학 박사 학위를 공부 중

"히히히! 이건 내 거!"

"나 줘. 네 낙서들이 네가 공책에 쓴 증명들보다 더 값지다."

아주 오랫동안 내가 원하는 게 뭔지 알아내기 위해 노력했다.

난 시퍼런 눈과 벌건 눈으로 세상을 바라보았다.

바다 밑도 보았다.

미생물의 세계도 보았다.

멀고 먼 곳도 보았다.

지금껏 찾아 헤매고 다닌 것이 그토록 오랜 세월 동안 바로 내 눈앞에 있었다니.

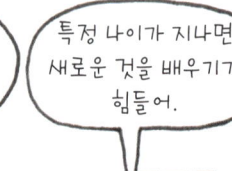

쿠스토 선장 말이 옳을지도 몰랐다.
나는 수학 공부를 통해 배우는 법을 배웠다.

설령 실패할 지라도 삶은
끊임없이 기회를 가져다 줄 것이다.

나는 잘 알고 있었다…

우리 잠시 이곳에 머무는 거야… 누구나 죽어.

난 하고 싶은 일을 해야만 했다.
설령 그것이 내가 사랑하는 사람들의 기대에 어긋나는 일이라 해도.

자, 물살을 거슬러 헤엄을 치자!

어때, 당당하게 실망시킬 용기가 생겼니?

새로고침22
당당하게 실망시키기
−터키 소녀의 진짜 진로탐험기

펴낸날 | 초판 1쇄 2018년 7월 30일
       초판 5쇄 2021년 1월 5일

지은이 | 오즈게 사만즈
옮긴이 | 천미나
펴낸이 | 정현문
편집 | 조현주, 양덕모
디자인 | 디자인포름

펴낸곳 | 책과콩나무
출판등록 | 제2020-000163호
주소 | 서울시 영등포구 양평로 157, 1212호
전화 | 02-3141-4772(마케팅), 02-6326-4772(편집)
팩스 | 02-6326-4771
이메일 | booknbean@naver.com
인스타그램 | www.instagram.com/booknbean01

ISBN 979-11-86490-89-1 (43840)
값 15,000원

이 도서의 국립중앙도서관 출판시도서목록(CIP)은 서지정보유통지원시스템
홈페이지(http://seoji.nl.go.kr)와 국가자료공동목록시스템(http://www.nl.go.kr/kolisnet)에서
이용하실 수 있습니다.(CIP제어번호 : CIP2018019894)

*잘못된 책은 구입한 곳에서 바꾸어 드립니다.
*이 책 내용의 전부 또는 일부를 재사용하려면 반드시 저작권자와
 책과콩나무 양측의 동의를 받아야 합니다.